Herzensbotschaften

Dorothée von der Osten

für

meine liebe Dagmar!

Irmgard

Weihnachten
2012

ars≡dition

Es begann bei täglichen Spaziergängen mit dem Hund Nelson.

Bei Regen mit gesenktem Kopf,

aber das sind gute Tage, um Herzen zu finden,

denn dann glänzen sie …

Usch von Sethe

Ich möchte euch nur darauf hinweisen,
dass es nicht darauf ankommt, viel zu denken, sondern viel zu lieben.
Darum tut das, was am meisten Liebe in euch erweckt.

Teresa von Avila

Man sieht etwas hundertmal, tausendmal,
ehe man es zum ersten Mal richtig sieht.

Christian Morgenstern

Der Geist wird größer,
wenn es in der Seele warm wird.

Alphonse Gratry

Die Voraussetzung zum Glück ist,
dass ein Mensch bereit sein muss zu sein, was er ist.

Desiderius Erasmus

Wenn wir auch die ganze Welt bereisen,
um Schönheit zu finden,
wir müssen sie mit uns tragen,
sonst entdecken wir sie nicht.

Ralph Waldo Emerson

Such die kleinen Dinge, die dem Leben Freude geben.

Konfuzius

Warum irrst du o Herz umsonst umher?
So ruhe doch irgendwo aus!
Wie alles sich von selbst gestaltet, so wird es, nicht anders.
Des Vergangenen sollst du nicht gedenken
und auch über das Zukünftige dir keine Gedanken machen:
Genieße hier die Freuden, die unerwartet kommen und gehen.

Bhartrihari

Bewahre die Freundschaft!
Es gibt nichts Schöneres auf Erden als sie.
Sie ist ein Trost in diesem Leben.
Du hast jemanden, dem du dein Herz erschließen,
dem du deine Geheimnisse mitteilen,
dem du das Verborgene deines Herzens anvertrauen kannst.

Ambrosius

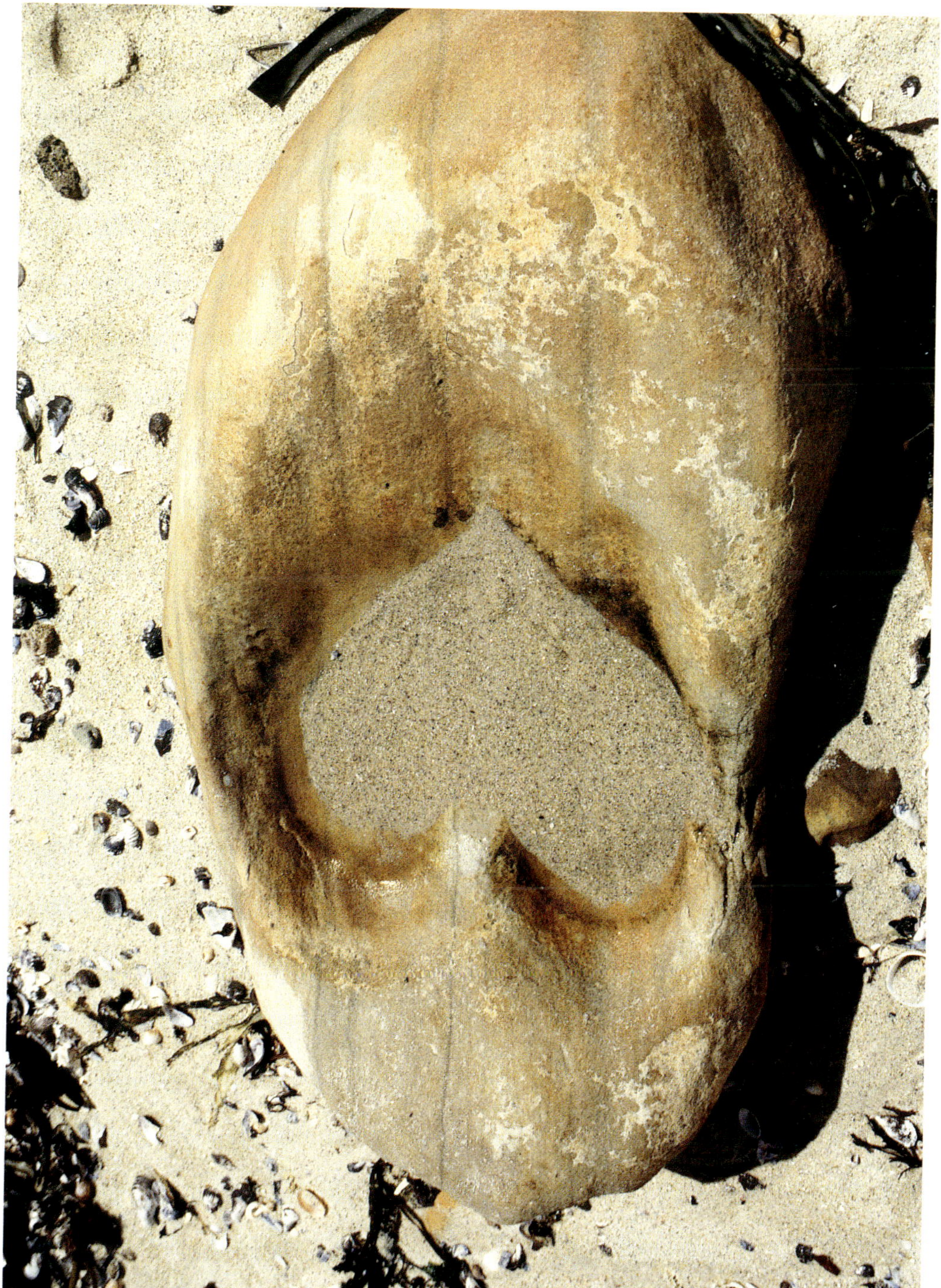

Wer sucht, der findet oft mehr, als er zu suchen ging.

Jean Baptiste Molière

Ich will dich suchen, auf dass meine Seele lebe,
denn mein Leib lebt durch meine Seele
und meine Seele lebt durch dich.

Aurelius Augustinus

Die Liebe findet einen immer, egal wie gut man sich versteckt.

Weisheit aus Deutschland

Die Liebe allein versteht das Geheimnis,
andere zu beschenken
und dabei selbst reich zu werden.

Clemens von Brentano

Alles Beste, wie überall im Leben,
liegt jenseits der großen Straße.

Theodor Fontane

Es ist keine Kunst, die Welt zu erobern;
wenn du kannst, erobre ein Herz!

Saadî

Liebe bleibt die goldne Leiter,
drauf das Herz zum Himmel steigt.

Emanuel Geibel

Das Herz gibt allem, was der Mensch sieht, hört und weiß, die Farbe.

Johann Heinrich Pestalozzi

Ein Herz sein Eigen nennen,
alles sagen können in der Gewissheit,
verstanden zu werden, ist das nicht Glück?

Honoré de Balzac

Und jeder hat im ganzen Weltall nur ein einziges solches Herz.

Adalbert Stifter

Es hängt vom Zufall ab, wo du geboren wirst!
Aber es liegt in deiner Macht,
den Platz zu finden, wo du hingehörst!

Weisheit aus Österreich

Es muss Herzen geben,
welche die Tiefe unseres Wesens kennen und auf uns schwören –
selbst wenn die ganze Welt uns verlässt.

Karl Gutzkow

Ich frage nicht, ich urteile nicht,
hier ist mein Herz, daran ruh aus.

Malvida von Meysenburg

Ihr müsst Herzen säen, wollt ihr Herzen ernten.

Ludwig Börne

Mit vollen Atemzügen saug ich, Natur,
aus dir ein schmerzliches Vergnügen.
Wie lebt, wie bebt, wie strebt
das Herz in mir!

Johann Wolfgang von Goethe

Herz, worauf wartest du?
Lieben kannst du sofort!

Juan de la Cruz

Die Welt ist mit so vielen Dingen gefüllt,
dass wir glücklich wie Könige sein sollten.

Robert Louis Stevenson

Werde, was du noch nicht bist,
bleibe, was du jetzt schon bist;
in diesem Bleiben und diesem Werden
liegt alles Schöne hier auf Erden.

Franz Grillparzer

Gib der Liebe alles,
gehorche deinem Herzen.

Ralph Waldo Emerson

Auch aus Steinen,
die einem in den Weg gelegt werden,
kann man etwas Schönes bauen.

Johann Wolfgang von Goethe

Das Herz ist der Schlüssel der Welt und des Lebens.

Novalis

Fotografien: Dorothée von der Osten
Illustration und Zitat S. 3: Usch von Sethe

ISBN-13: 978-3-7607-2394-5
ISBN-10: 3-7607-7607-2
Printed by Tien Wah Press

www.arsedition.de